글나무 시선 16

그 많은 인연의 어미는 누구인가

글나무 시선 16
그 많은 인연의 어미는 누구인가

저 자 | 정명숙
발행자 | 오혜정
펴낸곳 | 글나무
주 소 | 서울시 은평구 진관2로 12, 912호(메이플카운티2차)
전 화 | 02)2272-6006
e-mail | wordtree@hanmail.net
등 록 | 1988년 9월 9일(제301-1988-095)

2024년 8월 30일 초판 인쇄 · 발행

ISBN 979-11-93913-07-9 03810

값 10,000원

이 책은 **강원**특별자치도, 강원문화재단 후원으로 발간되었습니다.

그 많은 인연의 어미는 누구인가

정명숙 시집

시를 읽다가 시를 잃어버리고
시를 쓰다가 길을 잃고 헤맨 시간
시의 숲에 깊이 들어갈수록 시가 보이지 않던
안개 자욱한 길을 지나 첫 집을 지은 지 6년 만에
다시 두 번째 집을 짓습니다.

안개 속에서 휘청거릴 때마다
내 손 잡아 주신 설악문우회 '갈뫼'와 속초문학 시우님들께
감사의 마음을 전합니다.

글쓰기에 몰두해 있는 내 모습이 제일 예쁘다는
나의 든든한 후원자인 남편 이광형 씨께 감사하며
사랑하는 재호, 재영이, 수경이와 다혜, 초록이와 새봄이
그리고 내 곁을 스쳐 간 인연과 스쳐 갈 인연들이
이 집에서 잠시 머물다 가길 바라며
다시 길을 갑니다.

2024년 8월
정명숙

차
례

2부

4부

1부

내가 너에게 묶인 건지
네가 나에게 묶인 건지
알 수 없지만

갯배와 철삭*

내가 너에게 묶인 건지
네가 나에게 묶인 건지
알 수 없지만

내가 너를 끌고
네가 나를 끌고
해 저물도록 개를 건넌다

가끔
먼바다로의 일탈을 꿈꾸지만
바람길 열어줄 돛이 없어
늘어진 철삭 팽팽히 당기는
청호동 갯배

* 철삭 : 쇠로 만든 밧줄

돌탑 위에 봄

남자가 돌탑을 쌓는다
평평한 밑면을 거부하고
꼭짓점으로 세우기를 고집하는
남자의 탑은
무너지고 다시 서기를 거듭하다
각진 모서리가 바닥이 되고
날 선 머리 위 둥근 돌이
모자가 되어 앉아 있다

아슬아슬한 중심 잡기

꽃샘바람에도 쉽게 무너진
몇 번의 봄을 보내고
긴 겨울의 터널에 갇혀
쓰러지고 일어나기를 반복하다
중심 잡기의 달인이 되었다는 남자

남자의 돌탑 위에
속도와 무게를 읽을 수 없어

중심 잃은 나의 봄이
슬쩍 올라앉는다.

은퇴(隱退)

공터에 앉아 있는 폐타이어
흙을 품고 있다

지난여름 들풀 속에 뿌리내리고
휠 빠져나간 해어진 몸 안에
들꽃 키운다

가끔 쉬었다 가는 덤프트럭과
굴착기를 반기며
현역으로 굴러다니는
바퀴들의 모험담에 귀를 모은다

구를 만큼 구른 뒤에 찾아온
삶의 여백이 키운 들꽃 자랑에
별이 지는 줄도 모르는 폐타이어

이른 새벽 일터로 굴러가는
바퀴들을 응원하며
겨우내 품고 있던 씨앗들

푸른 잎으로 돋아나길 기다린다

들풀들의 든든한 울타리가 되어

한계(限界)

검은 새 한 마리 하늘을 난다
몸 안 가득 겨울바람을 싣고
아파트 숲을 거침없이 날아오른다

숲 너머 파란 구름 위까지
올라가 보라고, 오를 수 있다고
응원했는데

28층 벽에 갇힌
날개 없는 새
허공이 내어 준 내리막길을
비틀 짚으며
도로 위에 내려앉는다

여정을 함께했던 바람도
무심히 제 길 가고
한때 새가 되어 날갯짓하던
검은 비닐봉지 하나,
푸른 꿈 가슴에 접은 채

바퀴에 감겨
어디론가 달려가고 있다.

분수(噴水)

흐르는 길을 익히기 전
역류를 먼저 배웠다

예견된 추락은
또 다른 비상을 위한
도움닫기

햇빛 쏟아지는 허공에
쉼 없이 물꽃을 피우며
비상의 꿈을 키운다.

비눗방울 같은

손을 내밀면
잡힐 듯
잡힐 듯 아른거리다
톡, 터지는
잠깐의 환희

아장아장
비눗방울을 따라가는
아기의 모습에서

스치는 바람 같은
행복의 민낯을 만났다.

말(言)이 낳은 말(言)

사유 없이 쏟아 낸
감정의 노폐물

나와 너의 가슴에 남겨진
검은 얼룩들

닦을수록 더 번지는

손의 말

수식 없는 투박한 토닥임

괜찮다고 다 지나간다고

따듯한 손이

차가운 눈물 닦아 준다.

못자국 지우기

못 빼낸 자리에

똬리를 튼

어둠이 키우던 뱀 한 마리

조요한 달빛 들여

기억 밖으로 내보낸다.

달맞이꽃

늘 그만큼의 거리에서

바라보는 달빛

가슴 열어 담지 못하고

바라볼 수 있어서 감사하다고

나직이 속삭이는

거짓말쟁이 노란 꽃

결국

결국이란 말은
끝이 보인다는 말

두려움으로 출렁거리는
안개 자욱한 길을 걸으며
곳곳에 놓인 허방을 딛고
비틀거린 시간

종착점이 보인 뒤에야
결국을 읽고
한숨과 후회의 굴레를
맴돌았다

신이 열어준 길이라
어쩔 수 없었다는
변명 따윈 하지 말자

결국을 미리 읽더라도
겁먹지 말고

너무 오래 머뭇거리지 말고
가고 싶은 길로 가자

눈 앞에 펼쳐진 수많은 길 중에서
선택할 수밖에 없었던 그 길이
깊이를 알 수 없는 수렁일지라도

가품과 진품

1.

백화점 쇼핑 길, 눈에 띄는 가방이 있어 문을 들어서는데 판매원의 예리한 눈초리가 나를 스캔한다. 스캔이 끝나자 냉담한 표정으로 시선을 옮긴다. 진열된 가방의 가격을 보고 이유를 알았다. 닥스 백팩을 메고 상점 문 들어선 나는 감히 명함조차 내밀 수 없다.

2.

가품과 진품을 구별하는 방송을 보다가 일억 원이 넘는다는 에르메스 가방을 만났다. 프랑스 장인이 한땀 한땀 손바느질로 만든 명품이라 구매 실적 없이는 구경도 못 한다는 윤기 흐르는 가방을 만나 눈 호강을 했다. 일억 원이 넘는 가방을 알아볼 수 있는 안목도 생겼다.

3.

드라마 속 주인공 앞에 에르메스 가방이 놓여 있다. 광고용이니 진품이겠지. 눈 크게 뜨고 시청하는데 가방이 한 채의 집으로 보인다. 새집 잔금 지급을 위해 헐값에 넘긴 25년을 살았던 아파트, 다시 물리고 싶은 나의 첫 집이 테이블에 앉아 나를 바라보고 있다. 진품이 확실한 로얄 맨션 아파트다.

창을 열다

마음 안쪽 깊은 곳까지 햇살들인 날
청소를 한다

깨끗이 닦아 낸 어제를 비웃듯
햇살 속을 뛰놀며 수런거리는 먼지들
못 본 척 눈감아 주고

딱지 앉은 슬픔 떼어 낸 자리에
남겨진 푸른 흔적
말끔히 지운다

바람 따라 일렁이는 먹빛 기억은
수압 강한 호스로 씻어 내고
창 활짝 열어 물기 말린다.

순환 열차

나무와 지구가
그리는 동그라미

그 위를 순환하는
생의 열차가
환승을 준비하며
기적을 울린다

끝점에서
다시 시작되는
동그라미 위를
달려가고 있는 우리

길 끝에 새 희망을 그린다.

햇살의 품

우아한 몸짓
먼지들이 춤을 춘다

스노우글로브 속을 유영하는
금빛 가루처럼

먼지도
아름다운 무희가 되는구나

햇살의 품에서는

2부

잠을 잔다 꿈을 꾸기 위해
꿈을 꾼다 잠을 자기 위해

거울 놀이

그거 어딨지?
그거?
이거?
그래, 그거.

우리 집에선
하루에도 몇 번씩
지워졌던 이름들이
'그거', '이거'로
제자리를 찾는다

남편이 오른손을 들면
나는 왼손을 들고
마주 보며 깔깔 웃지만

이순 고개 넘어서며
점점 늘어 가는 '그거'

거울 놀이의 정년(停年)은 몇 살일까?

번데기는 수면(睡眠) 중

나비가 되고 싶었다
수심을 모르고 바다로 갔다가
공주처럼 지쳐서 돌아온*
흰나비가 아니라
수심 깊은 바다도 거뜬히 건너는
푸른 나비가 되고 싶었다

언제부터인가
고행의 허물을 벗으며
애벌레의 삶에 충실했던 번데기가
기억을 잃어가고 있다

녹슨 톱니바퀴는
힘겹게 시곗바늘을 돌리며
우화를 기다리는데
사방으로 길을 내는 가시넝쿨 속에
스스로 몸을 감춘 번데기

잠을 잔다 꿈을 꾸기 위해

꿈을 꾼다 잠을 자기 위해

* 김기림 시인의 「바다와 나비」 중에서 일부 인용

몸꽃

꽃이 핀다
추수 끝낸 들판 젖은 낙엽 속에
슬그머니 뿌리 내린 꽃
겨울이 가고 몇 번의 봄이 와도
피고 지기를 반복한다

뿌리를 뽑으려는
날 선 손톱의 호미질에도
아랑곳하지 않고 영역 넓히는
들풀보다 질긴 생명력

버리고 비우며 명상에 들어도
잠시 숨 고르다 다시 고개를 드는 꽃

밤마다 스멀스멀
꽃가루 날리며 몸 곳곳을 누빈다
가려움을 긁어내느라
손톱 끝에 피가 맺히고

날이 밝기를 기다리며
반성문을 쓴다
젖은 낙엽 몸 안에 쌓아 두고
방치한 죄

사발의 독백

이곳저곳 흠 많은 나는
영혼을 담고 있는 그릇

내가 사발이 아니라
비취색 청자라면
사내들 애간장 녹이는
매화향 풍기는 여인이 되었을까
수려함만 믿고 도도하게 굴다
바람에 목 꺾인 동백꽃이 되었을까

이리 가도 저리 가도 흘러가는 길

밥사발 국사발 죽사발…
용도 다양하게 애용됐던 막사발이라
심심할 틈이 없었던 시간

그래도 감사하지
흠이 더해질수록 색이 바래갈수록
용도가 줄어들잖아

쓰이는 사발이 아니라
골라 담는 사발이 되어 볼까

숨 크게 쉬고 절대 기죽지 말고

내 안의 우물

깊이를 알 수 없는 우물 안을
가만히 들여다보면
나를 올려다보며 웃고 있는
아이가 있다

오늘은 웃고 있지만
심통이 나면 돌팔매질하거나
떼를 쓰며 우는 아이

두레박 내려 주며
인제 그만 나오라고
어르고 달래도
아이는 도리질을 친다

물이 다 마르면 나오겠지
퍼내고 퍼내도
좀처럼 바닥을 보이지 않는 우물

성장을 멈춘 기억 속

너무 일찍 어른이 되어 버린 나
우물 속에서도 아직 목이 마르다.

엄마, 모란꽃으로 피다

기억의 빗장을 풀고
엄마를 꺼낸다
병석에 누운 긴 세월만큼
눈물로 얼룩져 있는

무속인의 방울 소리와 징 소리
목사님의 기도와 찬송가가 맴도는
기억 속에서 꺼낸 엄마를
스타일러에 넣고 작동시킨다

내 여정에 출렁이는 눈물로 남아 있는 엄마

병과의 끝없는 사투에 지친 엄마가
서둘러 생을 접은 뒤에야
읽을 수 있었던 어머니의 삶

구겨진 시간과 눈비를 털어 내고
보송보송해진 엄마를 꺼낸다

소꿉놀이하다 올려다본 달동네
흰 바탕에 보라색 모란꽃 무늬 한복을 입은 엄마가
사뿐사뿐 계단을 내려오신다
눈이 부셔 멍하니 바라보다 큰 소리로 불렀던 "엄마"

"금방 다녀올게"

모란꽃으로 활짝 핀 엄마의 무릎을 베고
언젠가는 다가올 금방을 기다린다.

동행 5
─ 부부

제 몸 치수도 모르는 어리숙한 발이
튼튼해 보이는 가죽만 믿고
선택한 구두

처음부터 조여오는 발의 통증이
잘못된 선택임을 암시했지만
가죽은 길들이기 나름이라고
억지로 끼워 신고 길을 나섰다

먼 길 동행하는 동안
상처투성이가 된 발과 구두는
갈망하는 자유를 위해 기회를 엿보지만

뿌리 깊어 가는 굳은살 속에
길들여진 시간은
헤어질 수 없는 핑계를 대며
서로의 상처를 다독이고

낡고 색바랜 구두와

굳은살투성이가 된 발
티격태격 불협화음을 내며
오늘도 길을 간다.

어느 별에서 온 꽃이니

세상 구경 온 지
두 달 조금 넘은 것이
탁구공만 한 두 주먹 움켜쥐고
용을 쓰다가
치자 물들인 전 반죽 같은 똥
푸짐하게 싸놓고
큰일 했다고 생글거리더니
비운 배 채워달라 우렁차게 운다

마음 빨리 읽어 주지 못한 할미
울음으로 혼쭐내고
활짝 웃으며 옹알이하는 아가

저 예쁜 꽃 어느 별에서 왔을까

흥겨운 노동요 부르며
옹알이를 읽는다.

아기의 응원

옹알이로 말문 열기 시작한 아기

시든 배춧잎 같은 문장들을
허공에 걸어 놓고
노래하듯 읊조리는
할미를 바라보다
짝짜꿍으로 추임새 넣어 준다

최연소 독자의 응원에 신이 난 할미
목소리 키워 낭송하고

고사리손이
할미 얼굴 훑어 준다
"잘한다, 우리 함니."
아기의 눈빛 응원

오늘은 네가 할미다.

인연(因緣)

헝클어진 실타래를 푼다
어디서부터 엉켰는지
헤집고 더듬어도
보이지 않는 실마리
가위 들어 싹둑 잘라 버렸다

가벼워진 마음은 잠시

허공을 떠돌며 이명으로 울던
잘린 기억들
서로를 묶어 실타래를 만든다

마디마다 옹이가 들어앉은 실로
다시 옷을 짠다
손끝에 옹이가 잡힐 때마다
고개 드는 속울음

옹이를 달랜다
가위질 함부로 하지 않겠다고

소금꽃

흐르지 못하고
어둠 속에서 출렁이던 눈물
시간의 그물에 걸려 꽃이 되었다

그물을 빠져나간 오래된 우울은
기억을 잃어가지만
그물에 걸려 쌓인 눈물은
소금으로 자란다

역류하는 슬픔을
짠내라고 말하지 말자

슬픔이 지워진 오래된 눈물이
소금꽃을 키우고 있다.

마른장마 끝에 내리는 가랑비

일상을 베고 누운
눅눅한 공허가
잠의 구덩이에 나를 눕힌다
두 손을 묶고 두 발을 묶고

시간은 기교를 부린다
월요일이 금요일로 금요일이 월요일로

경계 없는 낮과 밤을 떠돌다
사라진 시간을 추적하던 일상이
허공 가득 무채색 그림을 그리고

목마른 산과 들에 가랑비 내린다.

아직도 그 섬은

빨간 등대의 안부가 궁금한
물치항 파도
갈기 휘날리며 달려와
방파제를 들이받고
하얗게 부서져 뒷걸음친다

파도가 되고 싶었다

폭풍의 기세로 달려가
돌아앉아 있는 바위섬 후려치고
산산이 부서져
하얀 물거품으로 흩날리는

아무 일 없었다는 듯
갈기 다시 세우고 달려오는 파도에게
그 바위섬의 안부만 묻는다.

기억에 갇히다

여덟 살 동갑내기 친구 둘을 꾀어
성당을 찾아간 건
우연히 들은 종소리가 좋아서였어
3층에 있는 종탑에 올라갔는데
아무리 기다려도 종을 치지 않는 거야
종을 치는 아저씨도 보이지 않고
딱 한 번 쳐보고 싶었지만 참고 기다렸지
성당이니까 장난치면 안 되잖아
그런데 왜 그랬는지 몰라
누군가 아래를 내려다보며 침을 뱉기 시작했어
그게 왜 그리 재밌었는지
누구 침이 빨리 떨어지나 내기를 했지
그때 날벼락이 떨어졌어
 - 누가 하느님의 성전에 침을 뱉어 누구야,
우리는 고개를 저었지
 - 성당에서 거짓말을 해, 천벌을 받을 것들
뒤도 안 돌아보고 뛰었어
한참을 정신없이 달리는데
뎅, 뎅, 뎅…… 종소리가 따라오는 거야

그때 심장이 쿵 내려앉았어
되돌아가서 하느님께 용서를 빌어야 하는데
빌었어야 했는데
거짓말한 죄 가슴에 묻고 반백 년 넘게 살다가
노트르담의 꼽추 영화를 보는데
그때 그 종소리가 들리는 거야
흐르는 시간도 지우지 못한
그 무서운 얼굴이 종을 치고 있었어

페르시안 고양이

하얀 솜뭉치에 갈색별 두 개를 박아 놓은 것 같은
페르시안 고양이와 눈이 마주쳤다
흐르듯이 드리워진 하얀 털과 동그란 눈이 낯익다

집 한 채에 여섯 가구가 다닥다닥 붙어살 때 엄마 따라
드나들던 경배 오빠네 집은 소풍 가서 보았던 경복궁 같
았다 그 큰집 부엌살림을 돕던 엄마가 일 끝나기를 기다
리며 꽃나무 그늘에서 혼자 놀다 오빠와 눈이 마주치면,
얼굴 빨개진 오빠는 왼쪽으로 기우는 힘든 걸음을 끌며
도망치듯 사라졌다 눈처럼 하얀 피부와 크고 동그란 눈
이 매력적인 경배 오빠는 여덟 살 소녀가 꿈속에서 만나
던 동화 속 왕자님… 대학교 졸업을 앞둔 어느 날 오빠
집에서 혼담이 들어오고 기억 저편에 머물러있던 애련
함이 설렘으로 밀려올 때 우리 엄마, 주워 담을 수 없는
막말을 쏟아냈다 절뚝이는 다리로 언감생심… 아버지가
국회의원 두 번 낙선한 게 벼슬이냐고 부자면 신부도 살
수 있냐고, 뿌리째 뽑혀 허공에 던져진 여덟 살 소녀의
물빛 사랑

심한 악취 속에 방치되었다는
페르시안 고양이 수십 마리
빈 밥그릇과 쌓여 있는 변,
극한의 환경에서도
귀부인이라는 명성답게 부드럽고 하얀 털을 유지한 채
떠나간 집사를 기다리고 있다

유난히 하얀 털이 눈부신 고양이 한 마리가 나를 바라본다
낯익은 눈빛이다.

그릇이 되고 싶어요

어디로 흐를지 모를
당신
온전히 담을 수 있는

3부

깃발이 바람의 방향을
읽어 주는 건
순종도 의무도 아닌
오래된 습관 같은 것

낡은 수레

폐짓값 내려간 만큼
과적된 수레가 언덕을 오른다

헐떡이며 끌고 온 길
온통 땀범벅이다

내리막길
가속 붙은 앞바퀴를 제어하느라
남은 힘 쏟아붓는 깊은 주름에
줄비 내린다

등 굽은 노인
해종일 끌고 다녔던 길을
고물상에 부려 놓고
집으로 가는 길

그림자를 삼킨 어둠이
덜거덩거리며 낡은 수레를 끌고 간다.

습관 같은 것

깃발이 바람의 방향을
읽어 주는 건
순종도 의무도 아닌
오래된 습관 같은 것

휘몰아치면 휘몰아치는 대로
흔들리며 펄럭일 뿐
깃발은 바람에게
아무것도 바라지 않았다

영하의 날씨
몸에서 냄새가 난다고
속옷 바람으로 딸에게 쫓겨난
치매에 걸린 노모는
바람의 방향을 읽을 수 없어
사방으로 흔들리며 나부낀다

다시 만난 딸이 욕설을 퍼부어도
환히 웃으며 침묵하는 건
몸에 밴 습관 같은 것.

청호동에서

돌아가리라는 희망 엮어
바다에 띄워 놓고
뱃길 열리길 기다리던
함경도 아바이들

지친 마음
깁고 또 기우며
한숨으로 부르던 망향가
모래 언덕에 묻어둔 채
떠나가신 길

고향 집은 잘 찾아가셨는지
가족들은 무고하신지
아버지 가신 길 바라보며
안부를 묻는다

실향 일번지 청호동에서

춥다

매서웠던 추위가 한풀 꺾인 날
한 달째 동거 중인 감기를 데리고
딸 같은 제자를 만났다

살구색 원피스의 하늘거림이 눈부시다
겨울바람도 비껴가는 젊음이
마냥 예뻐 보이는데
팔 년째 취업과 실직을 반복하고 있다는
서른의 삶이 휘청거린다

결혼은 접어 두고
자신에게 저당 잡힌 부모님의 노후를 위해
투잡을 구상 중이라는 제자에게
내가 해줄 수 있는 건
같이 먹는 따듯한 밥 한 끼

얇은 코트 자락 여며 주고 돌아서는 길
잠시 소강상태였던 바람이
쇳소리를 내며 기침을 한다.

구름을 키우는 아이

마음이 말랑거려요
말랑거리는 게 뭔데
누르면 터지는 구름이요

마음에 비구름을 키우는
여덟 살 아이의 말이
선생 가슴에 비를 뿌린다

봄바람 따라간 엄마 생각에
마음이 말랑거리는 아이

하늘을 향해 뻗어가는
그리움의 크기를 가늠할 수 없어
하얀 거짓말로 구름을 그려 준다

모아둔 비구름 다 쏟아 내면
떠나간 엄마
새털구름 타고 오시려나.

그 여자의 봄

산 아래 자리한 여자의 집은
온갖 들꽃에 싸여 있었다
봄바람 살랑일 때마다
하나둘 꽃을 옮겨 심다 보니
꽃이 집을 품게 되었다며
무채색 웃음을 흘리던 여자

투박한 질그릇을 닮았지만
마음은 바람에 날리는 꽃잎 같은 여자
그녀 혼자 지었다는 흙집,
여물통이 테이블로 앉아 있는 거실에서
들꽃 차를 끓여 내며 허허 웃던 여자
산악인인 남편은 잊을만하면 한 번씩 찾아온다며
소주를 물처럼 마시던 여자

유난히 봄꽃 일찍 피었던 그해
그녀가 수상한 풍문을 몰고 다녔다
투박한 질그릇에 화색이 돌고
술 냄새 대신 꽃향기 날리며 들판을 떠돌다가

갑자기 찾아든 남편에게 주홍빛 풍문 꼬리가 잡혔다는….
장대비 흠씬 맞은 목련으로 버려진 여자
바람을 따라 한계령을 넘어갔다고….

들풀에 싸여 폐허가 된 그녀의 집에
꽃눈 펑펑 내리는데
그녀가 있는 그곳에도 봄은 왔는지
벚꽃 흐드러지게 피었는지
지나가는 바람에게 안부를 묻는다.

길 잃은 집사에게

빈집에 남겨진
고양이 서른두 마리와
소유권을 포기한다는 각서 한 장

코를 찌르는 악취와 찢어진 벽지
쌓여 있는 배설물과
나뒹구는 밥그릇 사이에
옹기종기 모여 있는 페르시안 고양이들
구원의 손길 앞에서 태연스럽다

고양이들의 상태로 보아
분양을 목적으로 수를 불린 건 아닌 것 같은데
집사는 왜 번식을 통제하지 않았을까

전문가들은 병적인 집착이라 말하지만
넘치는 사랑이 문제였다는
고양이들의 눈빛

카메라를 향해 모인 동그란 눈들이

행방을 알 수 없는 집사에게 안부를 전한다

잘 지내고 있다고

중증 응급구역

강릉 아산병원 응급구역
긴박하게 울어대는 모니터 알람에
손발 맞추어 심폐 소생술을 하는 의료진

일자(一子)를 그리던 그래프가 출렁이고
출렁이던 그래프가 다시 일자를 그리며
몇 시간의 사투를 벌였지만
끝내 생을 접은 여자의 얼굴에 흰 천이 덮이고
커튼이 드리워진다

한 생이 무대에서 사라지며
순간 시간이 멈췄던 응급실
다급한 알람 소리에 다시 분주히 돌아가고

언제든지 심정지가 올 수 있다는
어머니의 병상을 지키던 내 심장이
공황장애를 일으킨다

평정을 찾은

어머니를 주시하던 모니터가
두근거리는 나의 불안을 다독이고

휘청거리는 몸을 벽에 기댄 채
여자의 사망 선고를 받아 든 남자의 울음이
중증 응급구역 모니터 알람에 조용히 묻힌다.

종이학과 투명 인간

'종이접기를 좋아하는
가난한 사람에게 전해주세요'
열한 살 소년이 또박또박 눌러쓴
짧은 유서와 책 한 권

승낙살인이라는 죄명을 받은 엄마와
종이학을 접던 소년에 대해
이웃들은 아는 게 없었다

삐뚤어진 모정과
강물에 갇혀 있던 소년을 발견한 건
잠들지 않고 모자를 따라다녔던 CCTV

어쩌면 우리는 서로에게
투명 인간이 아닐까

서로에게 신경을 끊고 사는 게
예의라고 생각하는
지하 주차장과 엘리베이터가 길이 된 동네

사람 그림자 없는 아파트 광장을 내려다본다

오래오래 건강히 지내라고
소년이 냉장고 안에
소복이 쌓아 놓고 떠난 종이학들이
파래서 더 시린 가을 하늘로 날아오른다.

기억의 늪

집을 품고 있던 시간의 깊이만큼
녹슨 기억을 지니고 있을 빈터에
길 잃은 울음이 머문다

동네 아이들의 유일한 놀이터였던 그곳
내력을 알 수 없는 빈터에 남아 있는
대문을 달고 있던 기둥 두 개는
놀이의 시작점인 술래의 집이었다
기둥이 경아 동생 미아를 덮치기 전까지

듬직한 우리들의 기둥
청이끼 입고 자리 지키던 친구가
느닷없이 무너져 내린 날
우리들의 시간도 그렇게 무너졌다

붉은 피로 물든 그곳에
풀이 자라지 않는다는 풍문이 돌던
어린 날의 기억

흐르는 시간도 지우지 못하는
붉은 울음과 허공을 흔들던 외계의 언어들

떠난 사람도 남겨진 사람도 헤어날 수 없는 늪 같은

금빛 요람

낯선 세상에
혼자 오기 두려워
양손에 별 두 개 꼭 쥐고 온 아기

두려움을 느낄 때마다
두 주먹 꽉 움켜쥔다

백일이 지나자
손에 쥐고 온 별이 빛을 잃을까 봐
아기는 울음에 별을 담아
하늘로 올려보냈지만

아기 걱정에
밤마다 창을 넘는 별들
금빛 요람 흔들며
하늘 이야기 들려준다

부모는 모른다
혼자 잠든 아기를 밤새워 지키는 건

홈캠의 외눈과 알람이 아니라
아기 걱정에 잠들지 못하는
밤하늘 별들이라는 걸

뿌리 내리지 못하는 나무

숲으로 돌아가고 싶은 나무들이 있다

시인이 시집을 한 번 출간하려면
아름드리나무 열다섯 그루가 필요하다는데
책장에 꽂혀 있는 시집을 세어보니 169권
169권에 15를 곱하면 2,535그루

내 곁에 오기까지
참 많이도 베어졌구나

햇빛 들어올 틈도 없는 검은 숲
가끔 솎아주기를 하지만
또 다른 시집을 들이게 되고

한 편 두 편 늘어 가는 내 시를 보면서
나는 또 아름드리나무 베어 낼 생각을 한다

폐기물 처리장에 수북이 쌓여 있는 책들
몇 년 전 내가 베어 낸 나무들의
안부가 궁금하다.

웃음소리

까르르
돌을 갓 넘긴 아기가
놀다가 두고 간 웃음소리
아장걸음으로 온 집안을 누빈다

아기가 흔들고 간
현관문에 달린 풍경도
까르르
아기 웃음을 흉내 낸다

저 환한 웃음
꽃잎에 담아 들려주고 싶다
강아지 태운 유모차 밀며
꽃길 걷는 젊은이에게

스물여덟 겹의 집

새벽 한 시
온종일 고요했던 위층이 술렁인다
블라인드 품에서
곤히 잠들었던 바람도 깨어나
화풀이하듯 창틀을 때린다

지붕 위에서 쏟아지는 소변 줄기에 놀란
뒤척이던 잠이
벌떡 일어나 변기 물을 내린다
위층의 일상에
적응하지 못하는 날들
붉게 충혈된 눈을 비비고

스물여덟 겹의 지붕과 지붕 사이
잠들지 못한 밤이
불 켜진 창을 기웃거린다.

삶의 여백(餘白)

종합운동장 트랙 밖을
할머니 두 분이
산책하듯 돌고 있다
휘어진 다리와 굽은 등을 배려한
속도와 보폭

쉼 없이 달려온 시간이
초여름 저녁 바람을 거느리고
느린 걸음을 옮기고 있다

달려가는 젊음에게
트랙을 내어 주고
지나온 삶이 만들어 준
여백의 구간을
명상하듯 천천히 돌고 있다.

할머니는 산책 중

만개한 이팝나무꽃 그늘
하얀 꽃잎 닮은 할머니가
까마득한 높이의 아파트를 한참 올려다보다
보행기를 잡고 일어서려고 애를 쓴다

쓰러지고 다시 서기를 반복하는 사이
할머니를 발견한 누군가 달려 내려와
지팡이가 되어 주려 하지만
할머니는 홀로서기를 고집하며
넘어지고 일어나기를 반복하다
아무 일도 없었다는 듯
바람이 고요를 흔드는 광장에서
보행기를 밀며 꽃구경, 차 구경에 열중이다

엘리베이터의 버튼 위치를 기억하고
가족들이 집을 비우면 가출한다는
아흔 넘은 치매 할머니는
요양원에 가기 싫어 열심히 걷기 연습 중이다

다행이다
산책 중인 우리들의 할머니가 있어서

4부

그 많은 인연의 어미는 누구인가

모래밭을 거닐다

닮은 듯 다르고
다른 듯 닮은
바닷가에 모여 밭을 이룬 모래알

어느 산 어느 골에서 시작되었을까
부서지고 흐르며 맺어진
수많은 인연

아침 햇살 천천히 내려앉는 모래 위를 거닐며
생각한다

다른 듯 닮았고
닮은 듯 다른
스쳐 간 인연과 스쳐 갈 인연

그 많은 인연의 어미는 누구인가?

갈대숲에 들다

바람의 결을 읽지 못해
마음 가지 부러진 날
흔들리는 갈대를 바라본다

밤새 뒤척이던 갈대숲이
품고 있던 새 떼를 날려 보낸다

얼마나 더 비우고
얼마나 더 품으면
유연해질 수 있을까

바람의 결을 읽은 갈대숲이
고개 숙여 길 열어 준다.

바람의 합주

갈색 잎들이
아파트 숲을 날아다닌다

허공을 유영하는
물고기가 되었다가
회전 그네를 타는
곡예사가 되었다가

며칠 비를 몰고 다니던 바람

흔들리던 생을
허공에 뿌려 놓고
합주를 한다

지는 생
조금 일찍 진다고
뒤돌아보지 말고
훨훨 잘 놀다 가라고

겨울 남대천

얼어붙은 강 위에
옹기종기 모여 있는 청둥오리 떼
서로의 바람막이가 되어
부풀린 깃털에 얼굴을 묻고 있다

얼음 아래 어디쯤
물이 흐르고 있을지
얼음의 두께를 가늠해 보지만

빗장 걸어 잠근 강물은
기척이 없고
매서운 바람은 신들린 듯
갈대만 흔들어 댄다

강기슭에
밭을 이루고 있는 몽돌들
서로를 끌어안고
배 한 척 띄울 봄을 기다린다.

속초 하늘이 좁아지고 있다

바다가 좋아 바다를 가두고
산이 좋아 산을 가린다

하루에 한 번
마실 내려오던 산 그림자를
통째로 삼킨 아파트 숲
높이 더 높이 키를 키우며
영역을 넓히고 있다

유리창 너머
균형 잃은 소실점은
허공을 맴돌고

은빛 모래밭을 기억하고
달려온 파도
검은 그림자에 놀라
뒷걸음질 친다

하늘이 점점 좁아지고 있다.

거위들은 봄을 기다린다

검은 패딩 어깨 위
고개 내민 하얀 털 하나
떼어 내니, 줄줄이 따라 나오는 깃털

흠집이 난 것도 아닌데
답답함을 참지 못한 깃털 하나가
원단을 뚫고 얼굴 내밀자
압축되어 있던 깃털들
탈출을 시도한다

거위 털 패딩의 수요를
도축으로는 따라갈 수 없어
살아 울부짖는 거위의 몸에서
뽑혀 나왔다는 털들
그들은 알고 있었다

털의 부드러움을 유지하기 위해
사람이 만들어 놓은 숨구멍이
유일한 탈출구임을

빼꼼히 얼굴 내미는 깃털을
다독여 들여보낸다
밖은 아직 춥다고
봄이 오려면 아직 멀었다고

소문난 그 집 정원에는

소나무 숲에 둘러싸인
그림 같은 카페 정원

새소리와 손님들의 대화가
하모니를 이루며
나무 사이를 뛰어노는 그곳에

가슴 곳곳에 대못 박힌 바위 하나
간판을 끌어안고 묵언 수행하고 있다

숲을 떠돌던 단단한 슬픔이
정원을 거닐다
젖은 그루터기에 앉아
쉬고 있는 그곳

솎아진 나무와 내력을 지운 바위가
사람들을 품고 있다.

키다리 민들레

바다 풍광 보려고 전망대 오르는 길
숲을 이루고 있는 대나무 사이를 비집고
고개 내민 노란 꽃

사람들의 눈길을 끌며 울타리 위에 앉아 있다

빽빽이 들어선 대나무 속에서
너도 풀 나도 풀인데 같이 살아보자고
이름도 잊은 채 대나무 따라 키를 키우다가
울타리 위에 지친 몸 내려놓고
넝쿨 식물인 양 앉아 있다

바람이 데려다주는 곳이면
어디든 뿌리내린다는 서양 민들레가
지친 몸 추스르며

끝이 보이지 않는 팬데믹 시대
휘청이는 걸음들 오가는 길목에서
다 흘러간다고, 함께 이겨보자며
해맑게 웃고 있다.

눈으로 흙을 밟다

아파트 창 너머
저만치 보이는 두어 마지기 밭
내가 눈으로 밟는 유일한 흙이다

아이들과 흙이 함께 놀던 골목길
땡볕 속에서도 마냥 신이 났던
골목을 들썩이던 친구들의 함성이
환청으로 뛰어논다

바람 혼자 그네를 타는 놀이터 구석
우레탄 바닥에 쪼그리고 앉아
핸드폰 게임에 몰입해 있는 아이들
한종일 뛰어놀라고
내가 놀던 골목길로 데려가고 싶다

조경을 핑계로
시멘트 블록에 갇힌 나무들
움츠린 뿌리가 가쁜 숨을 몰아쉰다.

동행 6
―꽃과 돌

만냥금* 화분에
잿빛 몽돌 몇 개 앉아 있다

줄기 아래 조롱조롱 달린
만 냥짜리 빨간 열매 맺기까지
흔들리며 지나온 노정에
귀 모으는 몽돌들
뿌리 눌러 주며 열매 함께 키운다

밤이 되면 알을 깨고
아기별로 올 것 같은 둥근 돌을
어미 새인 양 품어 주는 만냥금

거실 풍경 엿보던 달님
꽃과 돌의 동행 길에
금빛 가루 뿌려 준다.

* 만냥금 : 백량금의 다른 이름. 꽃말은 가치, 사랑, 부귀. 1년 내내
　달린 빨간 열매가 금전운을 부른다고 만냥금이라 불림

병상일지
― 불편한 동거

새 한 마리가
내 몸 안에 둥지를 틀었다

자리가 못마땅한지
연신 깃털을 추스르며 짜증을 내다
온몸을 누비며 고열과 근육통을 불러들여
굿판을 벌인다

코로나19라는 새
사나흘 앓고 나면 떠난다기에
하루 세 번 한 움큼의 약을 삼키며 버틴다

일상을 접고 누워 있었던 며칠
무리 지어 피어 있던 수선화 할미꽃은 지고
영산홍 패랭이꽃 흐드러지게 피어 있다

동거가 끝나는 날
불안으로 남아 있는 새의 흔적을
탈탈 털어 날려 보낸다

창밖은 아직 봄이다.

아비

열매를 실하게 키우기 위해
뿌리는 버텼다

흙을 움켜잡고
멀리 더 멀리 영역을 넓혔다

주차장에 금이 간다고
전기톱에 무참히 베어진 나무

그저 아비로서 책임을 다했을 뿐이다.

폐그물

바닷속을 떠돌던 그물이
바위섬에 널브러져 있다

몸에 매달고 다니던 물고기들
햇볕에 말라가고
그물 속 들락이던 바람은
길 떠날 채비를 하는데

물고기들의 숨통을 조였던
아찔했던 순간을 기억하는
해질 대로 해진 몸이
있는 힘을 다해 바위를 움켜잡는다

바위섬을 통째로 삼킬 듯
무서운 기세로 달려오는 파도는
그물을 휘감아 당기고

고기잡이배 한 척
뱃고동 길게 울리며
무심히 바위섬을 지나가고

봄이 아프다

꽃들이 콜록거린다
온통 희뿌연 하늘이
일주일 내내 미세먼지 나쁨
경고음을 울려 대고

먼지 씻어 줄
봄비를 기다리던 며칠
소리 요란했던 천둥과 번개는
소나비 대신 가랑비만 살짝 뿌리고
도망치듯 사라졌다

그래도 봄은 봄
홍매화, 산수유 만개한 산사를 찾은 사람들
눈 비비며 꽃을 반기고
꽃구경하던 아이가 엄마에게 묻는다
-꽃에서 왜 향기가 안나요?

콜록거리던 홍매화와 산수유
파르르 몸을 떨고

꽃향기 몽땅 삼킨 마스크가
멋쩍게 웃고 있다.

다시 쌓는 모래성

짙은 어스름이 밀려오는 저녁
인부들이 퇴근한 공사장 모래 더미는
아이들의 놀이터였다
모래 위에 길을 내고 미끄럼을 타다가
옹기종기 모여 앉아 모래성을 쌓던

공사가 끝날 때마다
파란 방수포가 씌워지고
밧줄에 꽁꽁 묶인 모래 더미가
못내 아쉬웠던 어린이날의 추억

낙산 바닷가 길게 펼쳐진 모래사장에
누군가 놓고 간 모래성을
바람과 파도가 조금씩 허물고 있다

젖은 모래 속에 손과 발을 담그고
옛날 아주 옛날에 쌓다 만 모래성을 다시 쌓는다

바람과 파도에 무너져도 괜찮을 유년의 모래성

꽃병

비닐 포장지에 싸여
너에게 온
빨간 장미 한 다발

허덕이던 갈증을
가슴에 품고 목 축여 주는구나

줄기 끝 베인 상처가
통증으로 고여 썩어 가는 시간
푸른 눈물로 아픔 씻어 주며

시한부 생
길 떠나는 그날까지
묵묵히 곁 지켜 주는
너는 아름다운 호스피스

머무르기 위해 움직이는

이재호(고등학교 국어 교사, 교육 칼럼니스트)

머무르기 위해 움직이는

이재호(고등학교 국어 교사, 교육 칼럼니스트)

1. 들어가며

『섬이 바다에 머무는 것은』 이후 6년 만에 정명숙 시인의 두 번째 시집 『그 많은 인연의 어미는 누구인가』가 출간되었다. 시인의 두 시집에 실린 시들을 천천히 짚어가며 읽으니, '머무름'이라는 단어가 자연스럽게 떠올랐다. 머무름은 보통 부정적 의미를 내포한다. 사전에서는 머무름을 "더 나아가지 못하고 일정한 수준이나 범위에 그친다."고 풀이한다. 자연에서도 머물러 있는 물에는 녹조가 끼어 썩고 만다. 현대 사회는 조금이라도 정체되어 있으면 경쟁에서 도태된 패배자로 낙인찍기까지 한다. 그런데 시인의 시는 왜 머물고자 하는지, 어디에 머물고 싶은지, 머물고 머물다가 끝내 무엇이 되기를 원하는지, 그 의문들에 대한 답을 찾기 위해 시집 안에 머물러 있는 시들을 하나씩 꺼내어 본다.

2. 머무르기 위해 움직이는

섬은 바다에 내린 뿌리의 깊이를
가늠할 수 없었다.

해일로 바다가 뒤집힌 날
자신을 잡고 있는 건
뿌리의 깊이가 아니라
녹슨 닻이었음을 보았지만

벗어나기엔 너무 넓은 바다의 품과
온통 바다의 흔적뿐인 시간

섬은 태연히 웃는다
아무것도 본 일 없다고
유영하는 법은 오래전에 잊었다고

　　　　　　　　　　　　—「섬이 바다에 머무는 것은」 전문

　시인의 대표작이자 첫 시집의 제목이 된 「섬이 바다에
머무는 것은」에서 '섬'은 자신이 바다에 단단히 뿌리가
내려 고정된 줄로만 알았으나, 그 실체가 녹슨 닻이었음
을 확인한다. 그럼에도 섬은 웃으며 이를 외면한다. 유영

110

하는 법을 잊었다고 말한다. 여기에서 시인이 말하고자 하는 머무름은 앞서 언급한 머무름의 부정적 의미에서 벗어난 것으로 보이지 않았다. 이 머무름은 체념처럼 보였다.

그렇다면 섬은 무엇을 바라다가 마음을 내려놓은 것인가. 섬이라는 존재는 이미 바다에 둘러싸여 있어서 섬이 된 것임에도, 섬은 바다를 벗어나려는 마음을 보인다. "벗어나기엔 너무 넓은 바다의 품"에 안겨 있다는 점에서 섬의 속내를 엿볼 수 있다.

한데 섬이 만일 그 어떤 뿌리도 없이 바다에 온전히 떠 있으려면, 한 자리에 머물 수 있으려면 고작 닻만으로 가능한 일인가. 우스운 상상이지만 섬은 한 자리에 온전히 머물기 위해, 제 위도와 경도를 유지하기 위해 끊임없이 헤엄쳐야 한다. 이처럼 머무름은 오히려 움직임이다. 유영하는 법을 잊은 섬이라면 근육 한 점도 없을 것인데, 사방에서 밀려오는 파도에도 지지 않고 머무르기 위해 움직인다. 한 자리에 머무르기 위한 움직임은 지난하고, 고통스럽다.

흐르지 못하고
어둠 속에서 출렁이던 눈물
시간의 그물에 걸려 꽃이 되었다

그물을 빠져나간 오래된 우울은

기억을 잃어가지만

그물에 걸려 쌓인 눈물은

소금으로 자란다.

—「소금꽃」 부분

　기껏 움직이는데 한 자리에 머물기만 한다. 우울이 따라올 수밖에 없다. 「소금꽃」, 「마른장마 끝에 내리는 가랑비」, 「창을 열다」에서 머무는 이의 우울을 감지할 수 있다. 우울에 맞서기 위해 화자는 청소를 한다. 『섬이 바다에 머무는 것은』에 실린 「배고픈 어미 새」의 일부분에서 "대청소를 한다. / 둥지에 난 바람구멍을 막고 / 유통기한 지난 음식들을 정리하며 / 어미 새는 허리띠를 졸라맨다."는 데 이어, 이번 시집에서 「창을 열다」의 "딱지 앉은 슬픔 떼어낸 자리에 / 남겨진 푸른 흔적 / 말끔히 지운다"는 화자가 등장하여 우울을 이겨 내며 한 자리에 머물기 위해 내내 쓸고 닦으며 움직이는 모습을 보인다.

　한편 이 머무름과 우울감은 시인이 시인으로서 느끼는 정체감으로도 읽힌다. 시인은 첫 시집을 낸 뒤로 다시는 시집을 내지 않겠노라 선언했다. 시집을 낸 뒤, 이전과는 달리 자기 언어를 잃어버린 것처럼 시가 잘 적히지 않는 때가 있었다고 고백하기도 했다. 그럼에도 시인은 자꾸만 시를 쓴다. 아니, 시를 퍼낸다.

　깊이를 알 수 없는 우물 안을

가만히 들여다보면

나를 올려다보며 웃고 있는

아이가 있다

오늘은 웃고 있지만

심통이 나면 돌팔매질을 하거나

떼를 쓰며 우는 아이

두레박 내려 주며

인제 그만 나오라고

어르고 달래도

아이는 도리질을 친다

물이 다 마르면 나오겠지

퍼내고 퍼내도

좀처럼 바닥을 보이지 않는 우물

성장을 멈춘 기억 속

너무 일찍 어른이 되어 버린 나

우물 속에서도 아직 목이 마르다.

ㅡ「내 안의 우물」 전문

우물은 한 곳에 고인, 그야말로 '머무는' 물이다. 시인
은 화자로서 '나'를 차용해 시 속 우물이 곧 자신의 내면
임을 암시한다. 시인은 어린 시절 일찍 사회생활을 시작

해 자신을 돌아볼 여력이 없는 청소년기를 보냈다고 한
다. 우물 속에는 그 나이조차 여전히 아이에 '머물러' 있
는 화자가 있다. 우물 속 아이를 끄집어내기 위해 아무리
물을 퍼내도 여전히 우물은 깊고, 물이 한가득한 곳에서
조차 목이 마른 화자는 우물물 퍼내듯이, 계속 시를 퍼낸
다. 지금 우리가 만나는 시인의 모든 시는 우물에서 꺼내
왔을 것이다. 그런데 의아하게도 끝없는 목마름에서 퍼
낸 이 머무름이 마냥 고통으로만 읽히지는 않는다.

> 나비가 되고 싶었다
> 수심을 모르고 바다로 갔다가
> 공주처럼 지쳐서 돌아온
> 흰나비가 아니라
> 수심 깊은 바다도 거뜬히 건너는
> 푸른 나비가 되고 싶었다
>
> 언제부터인가
> 고행의 허물을 벗으며
> 애벌레의 삶에 충실했던 번데기가
> 기억을 잃어가고 있다
>
> … (생략) …
>
> 잠을 잔다 꿈을 꾸기 위해

꿈을 꾼다 잠을 자기 위해

―「번데기는 수면 중」부분

나비가 되고 싶었다는 존재는 어쩌면 섬이었을까. 시인의 시에서 반복되는 바다는 건너고 싶거나, 벗어나고 싶은 대상이다. 화자는 바다를 건너는 나비가 되고 싶었으나, 결국 꿈쩍도 하지 않고 고치 안에서 번데기로 머문다. 그 안에서 바다를 건너고 싶다는 꿈을 꾸기 위해 잔다. 그리고 그 꿈은 다시 수면을 위한 욕망으로 이어진다. 수면은 회복을 위해 반드시 필요한 머무름이다. 수면하는 동안 머물러 있는 몸은 바쁘게 새 세포를 만들어내며 움직인다. 꿈을 꾸며 회복하는 이 머무름은 결코 머무름이 고통만이 아님을 보여주는 근거가 된다. 이처럼 시인은 끊임없이 바다를 건너고 싶어 하면서도 가장 역동적인 정지상태로 머무르고 싶어 하는 모순적인 욕망을 끊임없이 여러 시 안에서 표현하고 있다.

나무와 지구가
그리는 동그라미

그 위를 순환하는
생의 열차가
환승을 준비하며
기적을 울린다

끝점에서

다시 시작되는

동그라미 위를

달려가고 있는 우리

길 끝에 새 희망을 그린다

—「순환 열차」 전문

그의 시 세계가 이렇게까지 머물러 있는 이유가 무엇
인지 궁금하지 않을 수 없다. 이는 머무름을 통해 희망을
보기 때문일 것이다. 「순환 열차」에서 시인은 "끝점에서
/ 다시 시작되는 / 동그라미 위를 / 달려가고 있는 우리"
라는 표현으로, 내내 머무르기 위해서는 달려가야 함을
다시 역설한다. 그리고 그 뒤에는 희망이 있다고 말한다.
다시 의문이 든다. "끝점에서 / 다시 시작되는 / 동그라
미" 위를 달리는 일, 달려도 달려도 제자리로 돌아오는
이 행위에서 어떻게 희망을 그린다는 것인가? 이 희망의
정체를 알아내기 위해서는 끝내 시인이 바라는 세계가
무엇인지 찾아내야 했다. 시인의 세계에서 시인이 가장
귀하게 여기는 것이 무엇일지, 그 안에 단서가 있으리라
생각했다.

닮은 듯 다르고

다른 듯 닮아 있는
바닷가에 모여 밭을 이룬 모래알

어느 산 어느 골에서 시작되었을까
부서지고 흐르며 맺어진
수많은 인연

아침 햇살 천천히 내려앉는 모래 위를 거닐며
생각한다

다른 듯 닮았고 닮은 듯 다른
스쳐 간 인연과 스쳐 갈 인연

그 많은 인연의 어미는 누구인가?

—「모래밭을 거닐다」 전문

　인연. 시인이 가장 귀하게 여기는 것이 인연일 것이라
짐작한다. 두 번째 시집 『그 많은 인연의 어미는 누구인
가』는 위 시의 마지막 문구에서 차용한 것이기도 하다.
바다 산책을 하며 우연히 만져본 모래알이, 단 한 알도
똑같은 것이 없더라는 데에서 시작된 시적 발상은 그 수
많은 인연이 지금 어떻게 이 자리에서 만나 같은 파도에
휩쓸리기도, 서로 붙잡아 버텨내기도 하며 살아가는지,
인간 생의 전반에 대한 것으로 확장된다. 그 많은 인연의

어미가 누구인지 묻는 말에서, 이러한 인연을 만들어 낸 이가 누구이며 어디에서부터 우리가 함께하고 또 헤어지는가에 대한 근본적 의문을 확인할 수 있다. 소중한 무언가에 대해 골똘히 생각하다 보면 그것의 시작, 뿌리부터 궁금한 적이 누구나 있을 것이다. 「순환 열차」의 "끝점에서 / 다시 시작되는 / 동그라미 위를 / 달려가고 있는 우리" 또한 영영 끊어 내지 못할 인연의 회전을 암시하는 듯하다. 시인이 인연을 소중히 여긴다고 생각하는 이유는 이것만이 아니다.

시인, 그리고 시인의 시적 화자가 생에 머무는 동안 만나는 수많은 타인, 그리고 거위, 심지어는 검은 비닐봉지에 이르기까지, 시인의 시 세계에서는 수많은 타자가 등장한다. 이번 시집의 3부 '습관 같은 것'에서처럼 시인의 시 세계에서는 마치 오래된 습관처럼 타자에게 시선이 오래도록 머물며 끝내 시가 된 것들이 묶여 있다. 이러한 인연의 연속에서 시인은 자아와 타자를 명백히 구분하지 않는다. 아니, 어쩌면 명백히 구분해 내지 못하는 것일지도 모르겠다. 시인은 이러한 삶을 추구하게 된 이유에 대해 일찍 돈을 벌어야 했던 청소년기에 그녀가 받았던 주변 인연들의 보살핌, 선한 손길, 월급보다 값진 사랑 때문이었음을 고백한다.

시인이 추구하는 이러한 삶의 자세는 여러 시에서 등장한다. 주변 이웃의 이야기에 깊은 관심을 갖는다. 사랑으로 이 이야기들을 외면하지 않고 자신의 우물 안에 채

운다. 그러면 그 이야기는 곧 시가 된다. 결국 모든 인연에 대한 시선이 머무르고 있기에 시인은 시를 우물에서 끝없이 퍼낼 수 있는 것이다.

> 내가 너에게 묶인 건지
> 네가 나에게 묶인 건지
> 알 수 없지만
>
> 내가 너를 끌고
> 네가 나를 끌고
> 해 저물도록 개를 건넌다
>
> 가끔
> 먼바다로의 일탈을 꿈꾸지만
> 바람길 열어줄 돛이 없어
> 늘어진 철삭 팽팽히 당기는
> 청호동 갯배
>
> ―「갯배와 철삭」 전문

　인연에 대한 머무름이 시적 정수로 표현된 것이 「갯배와 철삭」이다. 갯배는 일평생을 철삭(쇠 밧줄)에 묶여 채 50여 미터만 앞, 뒤로 움직이며 관광객을 실어 나른다. 역시나 이번에도 갯배 혹은 철삭은 '바다'로의 일탈을 꿈꾸기는 하지만, 돛이 없다. 갯배와 철삭은 그렇게 누가 누구에게 묶인 것인지 모르게 하나가 된다. 인연이 가진 지독한 속성이 있다면, 이처럼 서로에게 끝내 벗어나려 해도 벗어날 수 없다는 점일 것이다. 때로 자아와 타자의 경계가 불분명한 채로 섞여버린다는 점일 것이다. 심리학자 칼 융은 자아와 타인의 경계를 세우는 일이 자아 정체성 및 정신 건강을 위해 중요하다고 말한다. 현대 사회에서는 자아와 타자의 경계를 분명히 하여 자신의 영역을 지켜내는 일에 더 많은 가치를 두는 듯하다.

그런데 시인은 끝내 타자와의 경계를 불분명히 하면서, 고치 안에 갇혀 있으면서도, 모든 인연에게 최선을 다하는 삶의 모습을 시로 펴낸다. 그 궁극의 의도는 무엇일까. 무엇을 희망하는 것일까. 시인은 자신의 시 세계속에서 무엇이 되고 싶다는 바람을 명백히 밝히는 일이 거의 없다. 바다에 가고 싶지만, 바다를 지향하지만, 일탈을 꿈꾸지만 그렇지 못하고 머무른다는 서사로 끝맺고는 한다. 그런데 오직 한 편의 시만이, 무엇이 되고 싶다는 의지를 확고히 밝힌다.

어디로 흐를지 모를

당신

온전히 담을 수 있는

—「그릇이 되고 싶어요」 전문

오직 이 시만이 현재형 어미로 지금, 그릇이 되고 싶

다고 말한다. 그릇이 되고 싶다니, 그토록 열망하는 위대한 무언가가 있으므로 머무는 것이 아닌가 하고 내내 파고들어 왔는데, 그것이 고작 그릇이라니, 그것도 자신이 아니라 당신이라는 타자를 온전히 담을 수 있는 그릇이라니, 안타까웠다. 애석했다. 독일의 철학자 마르틴 하이데거는 현존재(인간)가 능동적으로 선택하며 주체적으로 살아가야 한다고 말한다. 허나 내내 머무르기만 하던 시인의 시 세계, 그 머무름은 끝내 자신이 아니라 타인을 위한 것이 되고 마는 것이라 생각했다.

이는 필자의 부족한 식견에서 비롯된 오해였다. 하이데거는 일평생 '존재의 의미'를 찾는 데 온 생을 바친 철학자이다. 하이데거는 모든 이가 진정 원하는 자신의 모습을 찾기를 바랐다. 하이데거가 말하는 '양심'은 우리의 일상어의 개념과는 달리 '마음속 자아의 소리에 귀 기울이는 것'을 뜻한다. 그런데 많은 이들이 현대 사회에서 자아와 타인을 분리 못 하는 것은 능동적이지 못하니, 주체성이 떨어지니, 하며 부정적으로 바라볼 수 있다. 바보 같은 일이라고 조롱할지도 모른다. 하이데거는 이를 현존재(인간)의 평균적 일상성이라고 부르며, 대부분의 타인이 원하는 가치를 그저 따라가려고 하는 세태에 대해 짚어낸다. 끝내 본래의 자기 자신을 잃어버리는 상태(비본래적 자기)까지 이어질 수 있다고 덧붙인다.

다시 시인의 양심에서 창작된 이 시 세계에 시선을 머물러본다. 시인은 끝내 타자를 온전히 담을 수 있기를,

닿는 모든 인연에 머물 수 있기를 원한다. 타자와 세상에 대한 연민, 그 진실함 속에 끝내 당신을 온전히 담아내는 그릇이 되는 일. 시인의 시 세계는 끝내 그릇을 목표로 한다. 이것이야말로 하이데거가 말했던, 진정 원하는 자신의 모습을 찾은 삶이다. 시인의 시 세계는, 머무름은 체념이며 멈춤이며 끝내 썩어 문드러지고 마는 것이라는 혹자의 비판이 있더라도 그 삶을 원한다. 그 삶을 선택한다. 지난한 자기 성찰 속에서 비로소 '존재의 의미'에 대해 탐색한 것이다.

성장 과잉의 시대, 경쟁의 시대, 조금이라도 머무르는 일을 경계하라는 메시지로 일하고 또 일하고 성취하다가 소진하게 만드는 사회, 그 안에서 서로를 담는 그릇은 결코 작지 않은 목표다. 쉽사리 담기 어려운 목표이다. 자신이 선택한 일에 열중하는 것, 자신이 하고자 하는 것이 머무름이었다면 최선을 다해서 머무를 것, 그러다가 끝내 타인과 구분 선을 명확히 긋지 못하는 삶을 산다고 해도, 그것을 택했다면 그 삶에 만족하고 최선을 다할 것. 시인의 시 세계는 존재로서 살아가는 우리에게 끝내 원하는 것이 있으면 내내 머물러 전념하는 한 생의 모습을 그저 보여 준다.

필자를 포함해 많은 현대인은 원하는 대로 사는 것에 어려움을 겪는다. 어떻게 하면 원하는 대로 살 수 있을지를 배울 수 있다면 좋을 것이다. 그것은 시인이 평소 시를 쓰며 하는 말에서 힌트를 얻을 수 있다. "나는 보고

들고 관찰하고 경험하지 않은 것은 시로 쓰지 못한다."
진짜를 적어 내는 행위는 주도적이다. 비로소 존재가 된
다. 원해서 머무르는 사람이 된다.

김대행 교수는 『문학이란 무엇인가』의 마지막 12장
제목을 '사랑을 분석하라, 문학이 거기 있다.'고 적었다.
이 장에서 "남들은 별로 주목하지도 않는 대상에 대하
여, 아니 남들에게는 아무 의미도 없는 한 대상에 대하여
그 가치를 인정하고 부여하고 감싸 안는 행위, 이것이 사
랑이며 문학."이라고 표현하며 책의 제목이 가진 의문에
대한 답을 풀어 놓는다.

섬이 곧 바다고 바다가 섬인 일은, '내가 나인지 네가
나인지' 모르는 그 일들 안에는, 사랑이 있다. 모든 인연
에 대해 자아와 타자가 섞여 있는 사랑, 이것은 고약한
사랑이다. 위대하여 모두가 따라 하라고 칭송하기에는
너무나 고통스럽고 힘겨운 사랑이다. 그러나, 그것이 시
인의 선택이라면, 자신의 의지대로 결정하며 사는 것이
라면 시인은 우리에게 그저 이 선택지 하나, 이러한 모양
의 사랑도 있다는 것을, 문학을 통해 제공하는 일이 된
다.

공터에 앉아 있는 폐타이어
흙을 품고 있다

지난여름 들풀 속에서 뿌리내리고

횔 빠져나간 헤어진 몸 안에

들꽃 키운다

가끔 쉬었다 가는 덤프트럭과

굴착기를 반기며

현역으로 굴러다니는

바퀴들의 모험담에 귀를 모은다

구를 만큼 구른 뒤에 찾아온

삶의 여백이 키운 들꽃 자랑에

별이 지는 줄도 모르는 폐타이어

이른 새벽 일터로 굴러가는

바퀴들을 응원하며

겨우내 품고 있던 씨앗들

푸른 잎으로 돋아나길 기다린다

들풀들의 든든한 울타리가 되어

—「은퇴」 전문

시인은 바다의 시인이 아니라, 우물의 시인이다. 우물
속 물은 고여 있다. 정체되어 있다. 항상 그 안에 머문다.
바다처럼 모든 세상 이들이 열망하는 시공간을 만들어
내지 못한다. 그런데 바다는 목마른 이 단 한 명의 목도

축여줄 수 없다. 우물은 살린다. 내내 머물면서 생명을 살린다. 끝내 우물은 그릇이 된다. 온 생을 바쳐 타인에게, 생명에게, 하물며 무생명에게조차 진심으로 자신의 맑고 투명한 혈액을 나누어준다.

정명숙 시인의 시 세계는 우울, 슬픔에 머물다가 어느덧 사랑, 행복에 머무른다. 언제 이동했는지는 알 수 없다. 내내 우물을 퍼냈을 뿐인데, 주변 이들의 목을 축여주었을 뿐인데, 그 자리에 항상 머물렀을 뿐인데, 이동하고 만다. 그 형식은 무의미해진다. 구멍이 뻥 뚫린 폐타이어도 상관없다. 들풀들의 든든한 울타리는 그 규격을 재기 어려울 만큼 큰 그릇이다. 끝내 가슴에 흙을 품은 그릇이 되어, 머무른다.

3. 나가며

신께서 내게 주신 최고의 선물
나를 부르는 저 소리

엄마!
　　　—「선물」 전문, 『섬이 바다에 머무는 것은』

내게는 어머니의 시집이 선물이다. 시집을 펴면 우물에서 시를 긷고 있는 나의 어머니가 머물러 있기 때문이

다. 사랑하는 나의 어머니가 오래도록 우물가에 머물러
시를 퍼내 주시기를 바란다.